L'HOTEL JACQUES-CŒUR DE BOURGES

NOUVEAUX DOCUMENTS SUR SON ÉTAT PRIMITIF SES RESTAURATIONS, SES MUTILATIONS

par M. Paul GAUCHERY

Extrait du XXXVIIIe Volume
des Mémoires de la Société des Antiquaires du Centre
8e de la 2e Série

BOURGES

IMPRIMERIE Vᵛᵉ TARDY-PIGELET & FILS

IMPRIMEUR DE LA SOCIÉTÉ DES ANTIQUAIRES DU CENTRE

1919

L'HOTEL JACQUES-CŒUR DE BOURGES

NOUVEAUX DOCUMENTS SUR SON ÉTAT PRIMITIF
SES RESTAURATIONS, SES MUTILATIONS

par M. Paul GAUCHERY

Le palais Jacques-Cœur, que l'on appelait la *Grande-Maison* dans le siècle où il fut construit, a occupé jusqu'à l'époque de la révolution une surface d'un tiers plus considérable que celle admise d'après les travaux de Hazé, Viollet-le-Duc, de Kersers, Gailhabault et Vitry [1].

Cette surface avait en effet pour limites : Au nord, le mur extérieur des cuisines qui le séparait de l'ancienne maison Pelourde[2] ; (c'est sur l'emplacement de cette dernière, qui n'avait jamais fait partie de l'hôtel, que se dresse aujourd'hui la regrettable annexe[3] bâtie en 1858 pour y loger les tribunaux

---

[1]. M. Vitry dans son bel ouvrage : *Les maisons de la Renaissance française* décrit l'hôtel Jacques Cœur avec de grands détails et en donne de splendides héliogravures.

Des découvertes importantes et de nature à compléter et rectifier plusieurs parties de sa publication, lui ont été communiquées par nous après la dernière visite de la Société française d'Archéologie à Bourges.

L'auteur nous avait en conséquence demandé de collaborer à un supplément qu'il projetait de faire pour cet ouvrage.

Depuis, les graves évènements de 1914 ont forcé d'ajourner *sine die* ce supplément et la Société des Antiquaires du Centre nous a prié alors de consigner dans ses *Mémoires* ce que n'avaient pas vu Hazé, Viollet-le-Duc, de Kersers, Gailhabault et Vitry lui-même. C'est ce que nous entreprenons ici en évitant autant que possible de reproduire ce qu'ont si bien expliqué ces différents auteurs, pour nous en tenir aux documents nouveaux que nous avons recueillis depuis les diverses publications des auteurs en question.

[2]. V. Appendice B pour cette maison.

[3]. Quand la ville de Bourges acheta de Colbert, en 1682, le palais Jacques Cœur elle avait projeté d'y installer les services municipaux et judiciaires. En conséquence, elle vendit le vieil hôtel de ville que ses prédécesseurs de la fin du XVe siècle avaient fait construire dans la rue de Paradis, et qui est un des rares édifices municipaux de cette époque qui nous restent en France. Les étages supérieurs du beffroi furent dérasés au XVIIIe siècle quand ce monument fut transformé en maison d'éducation, devenue aujourd'hui le *Petit Lycée*.

A la même époque les services judiciaires ne pouvant plus résider dans le palais du duc Jean, détruit par un incendie, on installa ces autres services à côté de ceux de la Municipalité dans l'hôtel Jacques Cœur : cet hôtel

civils et de commerce). Au sud, l'ancienne maison de Jean de Dijon, remplacée au XVIIᵉ siècle par le bureau des finances, aujourd'hui hôtel des Méloizes. Notre Grande-Maison s'étendait donc au sud sur une surface importante, aliénée depuis plus d'un siècle, et occupée maintenant par le grand emmarchement descendant à la rue des Arènes, une petite place et le théâtre. A l'ouest, elle s'appuyait sur trois tours et sur la courtine gallo-romaine. A l'est, la limite était formée par la rue de la Chaussée, dénommée aujourd'hui rue Jacques-Cœur, de l'autre côté de laquelle se voyaient l'église et le cimetière Saint-Aoustrillet [1].

construit par l'argentier pour en faire à la fois son habitation et une bourse de commerce (loge aux marchands), ne pouvait convenir pour une installation municipale et judiciaire.

Il fallut donc procéder à bien des transformations : créer des grandes salles d'audiences, de réunion, des bureaux, des cabinets pour les magistrats, etc. On abattit, en conséquence, des murs, des cloisons, des cheminées monumentales, des lucarnes ; on modifia les vis d'escalier en pierre, on transforma les galeries en bureaux et cabinets... C'est dans ce but que les arcades furent fermées par des portes et fenêtres, et la chapelle divisée en deux étages sans tenir compte de ses ornements de sculptures et peinture ; les meneaux des fenêtres furent supprimés en même temps que les vitraux : tout cela n'avait néanmoins pas trop sensiblement changé l'aspect extérieur. Mais depuis, les services municipaux et judiciaires s'étant développés, on reconnut, au milieu du XIXᵉ siècle, que la vaste maison de l'argentier était réellement insuffisante et mal aménagée pour ces destinations.

En 1858 l'Etat fit donc l'acquisition du palais Jacques-Cœur pour y loger la Cour d'appel et la municipalité alla alors s'installer dans une autre partie de la ville ; mais pour loger les tribunaux : civil, de commerce, de la justice de paix, etc., à coté de la Cour, l'espace qui restait était beaucoup trop restreint

L'Etat acheta donc aussi l'hôtel de la Vienne qui touchait le palais au nord. Sur ce nouvel emplacement au lieu de faire une construction moderne convenant bien à ces tribunaux on eut la fâcheuse idée de chercher à édifier une bâtisse de style, rappelant celui de l'hôtel lui-même ; on aggravait ainsi l'erreur des adaptateurs du XVIIIᵉ siècle, qui eux, du moins, n'avaient pas dénaturé l'apparence extérieure du grand hôtel qui conservait encore son unité.

On s'adressa pour ce faire à M. Bailly, architecte des monuments historiques, déjà chargé de la réparation du palais Jacques-Cœur. Cet architecte décida de loger les nouveaux services dans une construction qui semblât d'une date postérieure de 50 ans à celle du grand hôtel. Il a trouvé pour ses fenêtres, balustrades, profils de moulures, etc., un style bâtard qui détruit l'unité du merveilleux palais et allonge démesurément le corps de logis peu élevé qui abrite les galeries.

1. *L'église Saint-Aoustrillet*, dont subsiste une grande partie, était la paroisse de Jacques-Cœur, et fut en majeure partie refaite et consolidée par le riche argentier : on y reconnaît du reste absolument le style des chapelles qu'il fit exécuter dans sa demeure et à la cathédrale.

C'est dans le chœur de Saint-Aoustrillet que fut enterrée Macé de Léodpart, sa femme, et un de ses fils : Henri Cœur.

L'église est à chevet carré avec transepts flanqués de chapelles. Le chœur, la croisée et le bras sud du transept sont de Jacques Cœur.

Jacques Cœur n'avait donc pas seulement, pour construire sa riche demeure, acheté le fief de la Chaussée qui correspond à ce que nous appelons aujourd'hui le palais Jacques-Cœur, mais en outre une maison avec tour et jardin située au sud et appartenant à Jean Lemaire ; cette acquisition nous est prouvée par les faits suivants :

1° En 1454 à la vente des biens de Jacques Cœur, on trouve dans une opposition au sujet de cet immeuble, ce passage : « Dans le cas où on voudrait comprendre la maison avec tour « et jardin que le dit Jean Lemaire a baillée au dit Jacques « Cœur à certaines conditions et moyens à déclarer en temps « voulu ; et aussi où on y joindrait la maison qui fut à Philippon « Méry qui est au-dessous de la dite maison [1]. »

Le bras nord qui contenait la chapelle de Beaucaire, est sensiblement de même époque, mais d'un autre constructeur.

Dans cette dernière les retombées des nervures diagonales descendent sur des bases près du sol et l'intersection de ces nervures à la clé portait un écu soutenu par des anges, où figuraient les armes des Beaucaire (d'azur à 3 têtes de cerf d'argent).

Le propriétaire actuel a laissé les anges mais remplacé les armes par celles de Jacques Cœur et de sa femme ; tous ces personnages sont contemporains, il peut en résulter des confusions sérieuses.

Les autres clés de voûte des parties dues à Jacques Cœur n'ont pas de supports ni d'armoiries ; elles sont circulaires et représentent l'une le père éternel coiffé d'une tiare et entouré d'anges ; l'autre paraît représenter un docteur coiffé d'un bonnet. Les arcs soustendant ces voûtes ont été doublés par d'autres arcs d'un profil semblable pour les consolider. Les retombées des nervures dans les angles sont portées par des anges tenant des écus armoriés ; disposition que l'on retrouve dans la chapelle du grand hôtel et dans celle de la cathédrale.

Le tombeau de Macé de Léodpart était « dans le chœur de Saint-Aoustrillet « à main dextre ; la fosse était recouverte d'une tombe de pierre ayant la figure « d'une personne nue, en bosse ; autour de laquelle sont écrits ces mots : « ci « gist Macée de Léodpart jadis femme du sire Jacques Cœur» (Chenu : Antiquités de Bourges, 1621). Thevet la décrit aussi (Histoire des hommes illustres). Emeric David, écrivant au commencement du XVIIIe siècle l' « Histoire de la sculpture française » disait, en parlant, d'après Chenu et Thevet « ce monument offrit une nouveauté très importante ce fut la figure de Macée, en ronde-bosse, cou- « chée sur son tombeau, représentée nue et grande comme nature ».

La dessus Emeric David épilogue, car c'était un insolite spectacle de voir les gisants nus avant le XVIe siècle ; l'explication est que Chenu s'est trompé : ne voyant pas la statue revêtue de tous ses vêtements, il avait dit qu'elle était nue, mais le chevalier Gougnon, le contemporain de Chenu, a écrit en note marginale sur l'exemplaire même de Chenu : « non, elle n'était pas nue, mais enveloppée d'un suaire » : cet exemplaire est à la bibliothèque de Bourges.

La Thaumassire qui parle aussi du tombeau dit qu'il était élevé de 1/2 pied au-dessus du sol.

1. Opposition faite par Jean Lemaire 28 septembre 1454. Vente de Mennetou-Salon, de la Bruyère Laubespin, etc.

2º 1457 (5 août) restitution par Charles VII aux enfants de Jacques Cœur de tout l'enclos des maisons depuis celle de Pelourde sgr d'Ourouer, jusqu'à celle de Jean de Dijon (actuellement hôtel des Méloizes).

3º Enfin en 1501 Jacques Cœur II vend à Turpin, sᵣ de Nozay, tout l'enclos ayant les mêmes limites ; seulement la maison qui le limitait au sud, n'est plus la propriété de Jean de Dijon; mais elle appartient aux héritiers de Jean Chambetin[1].

Tout cet enclos, constituant la *grande maison* du célèbre argentier, a passé intact aux propriétaires successifs, jusqu'à la révolution.

Les Laubespine, qui l'ont possédé de 1552 à 1679, ont surtout fait des reconstructions dans le corps de logis situé sur la rue de la Chaussée, dans l'ancienne maison Jean Lemaire. Le bâtiment démoli en 1858 était donc une construction du XVIIᵉ.

Vues de la Grande Maison à la fin du XVᵉ siècle

Nous avons retrouvé dans deux miniatures de la fin du XVᵉ siècle des vues des deux façades de ce merveilleux palais.

1º L'une située sur la rue Jacques-Cœur, nous est donnée avec une exactitude presque absolue par une miniature du *Livre d'Heures* de Jacques Cœur.

2º L'autre, celle édifiée sur l'enceinte gallo-romaine, limitant actuellement la place Berry, est bien moins exacte que la première ; elle est tirée du célèbre manuscrit intitulé : « *Les très riches Heures du duc de Berry* ».

Livre d'Heures de Jacques Cœur II [2].

Le premier de ces manuscrits, fait à Bourges à la fin du XVᵉ siècle contient de nombreuses miniatures où l'on reconnaît la main de plusieurs artistes différents.

1. Acte de vente au Châtelet d'Orléans 1501 ; un double de cet acte existe à la bibliothèque de la ville de Bourges *(V. Appendice C).*

2. *Le livre d'heures de Jacques Cœur,* que nous a fait connaître M. Léopold Delisle à l'exposition des primitifs français de 1904, est un manuscrit de 197 feuillets en parchemin dont chacun a 0ᵐ162 de haut sur 0ᵐ105 de large. La principale illustration de ce volume consiste en une vingtaine de tableaux occupant chacun une page entière : deux d'entre eux sont doubles, couvrant deux pages qui se font vis-à-vis.

Parmi celles se rapportant à Jacques Cœur, signalons-en d'abord deux qui sont les plus importantes.

1º Celle du fº 15 représente un personnage richement habillé, agenouillé sur un coussin, les mains jointes, près d'un prie-Dieu portant un livre ouvert.

Au bas du tableau, on voit un écu armorié recouvrant un plus ancien, qui était celui de Jacques Cœur, mais la devise qui l'entourait n'a pas été recouverte, et on lit très nettement : « *A vaillants CC riens impossible.* »

C'est le portrait d'un Jacques-Cœur, non du grand argentier,

Folº 148 et 149 (miniature). Maison de Jacques Cœur. L'aspect extérieur de cette maison est encore aujourd'hui à peu près tel que l'a vue l'auteur et il semble s'être placé, pour faire son dessin dans le clocher de l'église Saint-Aoustrillet.

Indépendamment de ces grands tableaux, le livre contient, au bas des pages du calendrier, des petites miniatures dont le sujet est emprunté aux travaux et aux amusements choisis pour caractériser chaque mois de l'année.

Au bas des feuillets 15, 138, 159 et 161 étaient peintes des armes qui ont été effacées ou remplacées par celles d'un nouveau possesseur. Mais les armes de Jacques Cœur se voient en maints autres endroits notamment sur les huit girouettes des toits de l'hôtel des folios 148 et 149 (miniature).

Mais les devises subsistent plus ou moins intactes « *à vaillants cœurs riens impossible* » ; *joie sans fin,* ou peut être « *fin sans joie* » ; « *joie et douleur* » ; « *dire, faire, taire* » etc..

Emblèmes rappelant les noms de Jacques Cœur : 2 cœurs ailés (comme sur les portes du midi de la cathédrale de Bourges), l'un est rouge l'autre bleu ; 2 cœurs non ailés ; un seul cœur ; 2 coquilles de Saint-Jacques ; une seule coquille etc... (voir ce qu'en dit M. L. Delisle dans la bibliothèque de l'école des Chartes.) Nous ne savons pas à quelle époque le manuscrit sortit de la famille de Jacques Cœur. Jacques Cœur II mourut sans postérité après avoir vendu la Grande Maison, en 1501 à Antoine Turpin, sr de Nozay.

Le manuscrit, dont on ne suit pas la trace d'une façon continue, passa plus tard (si nous en croyons les armoiries qui surchargent celles de Jacques Cœur) dans les mains de Hottman, fameux professeur à l'Université de Bourges, et grand bibliophile. Hottman qui avait embrassé la réforme, comme Colladon son ami, fut obligé de quitter Bourges en 1572 pour se réfugier à Genève et sa belle bibliothèque fut pillée et dispersée. Dans ce livre d'heures on peut observer que les blasons de Hottman et de ses alliances recouvrent celles de Jacques Cœur, mais laissent subsister les emblèmes et devises, comme l'a constaté M. L. Delisle.

Que devint le manuscrit après le départ d'Hottman ? On le retrouve deux siècles plus tard à la bibliothèque palatine de Manheim en 1777, époque où il entra dans celle de Munich quand Charles-Théodore devint roi de Bavière,

Un autre manuscrit français échoua aussi à la même époque à Manheim. puis à Munich ; c'est le splendide livre d'heures du Cardinal Pierre d'Estain archevêque de Bourges (1367–1370) qui fut fait pour lui par le miniaturiste Jean de Bologne. Il portait les armes de ce cardinal mais quand il passa dans la bibliothèque du duc Jean de Berry, celui-ci les recouvrit par ses armes propres. On trouve ce livre mentionné dans les divers inventaires de ceux de ce prince : aujourd'hui c'est à la pinacothèque qu'on peut le voir à Munich.

mais de son petit-fils, Jacques Cœur II [1], qui fit faire ce livre en mémoire de son grand-père dont il portait les noms, prénoms, armes et devises et dont il possédait la grande maison depuis 1488.

L'âge et le costume du priant datent la confection du livre entre les années 1488 et 1500.

2° Les f°ˢ 148 et 149, formant par leur juxtaposition, une feuille double, représentent le chemin de la croix.

On voit le cortège de la Passion de Notre-Seigneur, sortir de la grande porte de l'hôtel et se développer devant sa façade Est qui, formant fond de tableau, remplit tout le cadre de la miniature. C'est cette curieuse image étudiée dans tous ses détails qui nous donne les renseignements les plus précieux sur l'état de la grande maison à l'époque de sa construction.

Les mystères de cette époque représentent ainsi la scène de la Passion ; faut-il voir les portraits de la victime de Charles VII, dans ce Christ à figure angoissée, et de ses persécuteurs, dans les juifs à cheval sortant de la maison et suivant le cortège ?

On remarque que les personnages principaux situés au premier plan sont à une autre échelle que celle adoptée pour le cortège et beaucoup plus grande que ne le comporterait la perspective.

Quant à la montagne du calvaire que l'on a placée sur la droite, elle constitue un simple paysage de convention.

Miniature des très Riches Heures du duc de Berry [2]

Comme nous l'avons dit, elle donne l'image de la façade ouest élevée sur les murs de la cité devant la place Berry actuelle, et est loin d'avoir la précision de la façade Est, figurée dans le livre d'heures de Jacques Cœur II ; mais elle est cependant bien reconnaissable.

Elle sert de fond à la représentation du miracle de saint

---

1. V. Appendice D.

2. Ce manuscrit est de deux époques différentes ; la première partie, que fit faire le duc Jean, a été attribuée aux frères de Limbourg, et n'était pas terminée à la mort du duc (voir l'inventaire de 1416). La 2ᵉ partie, qui est postérieure de 70 ans, a été exécutée quand le manuscrit est passé dans la maison de Savoie par la descendante du duc Jean : Bonne de Berry qui épousa Amédée VII de Savoie ; leur arrière-petite-fille Blanche de Montferrat et son mari Charles Iᵉʳ de Savoie firent terminer ce manuscrit en 1485. Les miniatures de cette période sont attribués à Jean Colombe qui habitait Bourges à la fin du XVᵉ siècle.

Hôtel Jacques-Cœur. — Façade orientale
d'après miniature du Livre d'Heures de Jacques-Cœur II.

Antoine de Padoue qui aurait été accompli sur l'emplacement de la chapelle des Pains, dans le cimetière de Saint-Pierre-le-Guillard. Le fond de ce tableau est le panorama de l'hôtel Jacques Cœur vu de l'extérieur de cette chapelle, mais le miniaturiste a quelque peu arrangé le dessin pour les besoins de sa composition ; pourtant on y reconnaît bien le bâtiment de la grande salle avec ses trois fenêtres au 1er étage et ses deux lucarnes de pierre, aussi le donjon hexagonal avec sa crête d'applique en pierre, si caractéristique, également la toiture et la vis de ce donjon, le pavillon à pignon (à droite de la grande salle), les tours de l'enceinte gallo-romaine, et la galerie en encorbellement entre deux tours de l'enceinte.

Mais le donjon, a été déplacé et colloqué à droite de la grande salle alors qu'il se trouve à gauche ; il occupe donc la place de la tour sud portée plus au nord.

Les bâtiments de l'extrême gauche ne font pas partie de l'hôtel Jacques-Cœur et l'artiste les a fait figurer pour remplir son cadre.

Ces deux miniatures, surtout la première, vont nous permettre avec ce que nous avons encore sous les yeux, de rectifier et de compléter les descriptions et dessins des auteurs qui se sont occupés du monument.

* *

Remarquons tout d'abord que, dans la miniature de la façade Est, la largeur du pavillon d'entrée est plus restreinte proportionnellement que dans l'original ce qui donne à ce pavillon la hauteur d'une tour carrée dominant trop le toit des bâtiments abritant les galeries.

De même on reconnaît un resserrement et un déplacement en largeur de toutes les ouvertures du côté gauche, et on ne peut l'expliquer que comme un sacrifice aux besoins de la scène du chemin de la croix.

L'examen minutieux des détails de cette curieuse miniature nous a également inspiré les remarques suivantes.

Dans le pavillon d'entrée, aux angles de la galerie supérieure, on voit des encorbellements circulaires dont la balustrade suit les contours.

Cette galerie était ruinée à l'époque où les Laubespine possédaient l'hôtel, et pour simplifier la réparation, ceux-ci ont fait enlever les restes de ces encorbellements arrondis et poursuivre la corniche suivant le contour rectangulaire des murs du pavillon. Cette réparation est en quelque sorte signée et datée aux environs de 1600, par les armes de Guillaume de Laubespine et de sa femme Marie de la Châtre, sculptées dans les deux pierres nouvelles des angles de cette corniche sur la cour intérieure [1]. On peut aussi voir dans les feuilles accouplées faisant saillie dans la gorge de la corniche, combien les sculpteurs du XVIIe siècle ont été insuffisants pour arriver à imiter leurs ancêtres du XVe, et un examen attentif fait aisément distinguer ces feuillages plus récents.

Au-dessus de la grande porte de l'hôtel, on voit figurer nettement la statue équestre du roi Charles VII détruite à la révolution : elle ne nous était connue jusqu'ici que par la description de Poitevin, l'architecte de Colbert qui dit en 1679 : « L'entrée située sur la rue de la Chaussée est grande et belle, « et est surmontée de l'effigie du roi Charles VII armé de « pied en cap en action de combattant, l'épée haute sur un « cheval caparaçonné. Cette effigie est de pierre de taille plus « grande que nature [2]. »

La miniature du livre d'heures nous montre que la tête du cheval était tournée à droite et non à gauche comme l'ont représentée Hazé et Viollet-le-Duc ; et c'est bien le roi Charles VII que Jacques Cœur a placé là et non sa statue à lui, Jacques Cœur, comme le croyait Mérimée.

L'argentier devait tout au roi qui, jusqu'à 1451, le combla d'honneurs et de richesses. Aussi la devise que l'on voit sculptée près de la statue du roi et en maints autres endroits comme sur la balustrade du balcon : « A vaillants CC riens impossible » paraîtrait outrecuidante, s'il n'y avait pas à la suite le correctif R. G. entièrement lié à cette devise et que le grand argentier a adopté comme chiffre. Ces initiales assez mystérieuses, peuvent signifier « Real Guerdon » qu'on peut traduire par « protection royale ». On les voit fréquemment accompagner la célèbre

1. V. Appendice note E.
2. DESHOULIÈRES, Mém. Antiq. du Centre, t. XXIV (1900), p. 80.

devise, non seulement dans les sculptures, peintures et vitraux
(comme dans la sacristie construite par Jacques Cœur dans la
cathédrale), mais aussi sur des tapisseries, meubles, etc...

Poterne de l'entrée : d'après la miniature, le tympan de la
poterne du côté de la rue doit aussi être rectifié. Le restaurateur
de 1850 a sculpté l'écu de Jacques Cœur, couché sur le sol.
On reconnaît bien maintenant qu'il était droit à l'origine et
que l'ange est posé dessus ; les autres attributs, arbres et
plumes sont conservés. Un phylactère devait porter la devise
du maître.

Grande porte et heurtoir.

La menuiserie de la grande porte n'est plus celle du
XVe siècle car elle été refaite eu 1835. C'est une sorte de
fac-similé de l'ancienne, obtenu en appliquant sur un bâti
uni une doublure extérieure ajourée suivant l'ancien dessin.

En y regardant de près on voit bien, encore ici, la différence entre le travail exécuté par les artistes du XVe et par
ceux qui ont cherché à les-imiter au siècle dernier.

Le heurtoir, petit chef-d'œuvre de ferronnerie, a été
reposé presque complet, sur la nouvelle porte ; seule, la
partie mobile (le marteau proprement dit), a été refaite
vers 1850 ; elle est plus longue que l'ancienne et son profil
a été modifié.

Balustrades

Les balustrades du pavillon d'entrée et celles régnant sur
toute la longueur de la façade de la rue, à motifs de cœurs et
coquilles, existaient réellement jusqu'au XVIIe siècle, bien que
niées par les archéologues et les architectes : Hazé, Viollet-le-
Duc, Buhot de Kersers, Gailhabault, etc. ; ceux-ci préten-
daient que l'architecte Bailly, qui en fit de semblables en
1858, les avait inventées, alors que cet architecte a dû en
retrouver les traces aux ensouchements des rampes de pignon,
aux bases des tuyaux de cheminées, etc... Elles devaient être déjà
ruinées à l'époque des Laubespine, qui achevèrent de les faire
disparaître en même temps que les encorbellements. Notre
livre d'heures ne laisse absolument aucun doute à cet égard.

Un autre détail fort important nous est confirmé dans le

même document : c'est la disposition de la partie supérieure du donjon, élevé lui-même, comme on sait, sur une des tours gallo-romaines de l'enceinte antique.

On y reconnaît que ce donjon, dominant tous les toits de l'hôtel, a toujours été couronné par une toiture, quoiqu'en aient pensé certains auteurs. Du reste, elle est bien visible dans toutes les miniatures, vieilles gravures, voire dans les photographies vieilles de plus de vingt ans.

Cette tour dominait largement toutes les toitures, et jouait un grand rôle dans toutes les anciennes vues de Bourges ; aujourd'hui, dérasée par l'architecte Bœswillwald, elle n'a plus conservé que quelques créneaux qui donnent maintenant à cette partie de l'édifice une silhouette écrasée.

Depuis cette mutilation, la toiture de la vis qui dessert ce donjon ne se comprend plus guère. Comme le pan de pénétration manque dans la tourelle, celle-ci est coiffée d'une façon boiteuse, trop élevée, et les belles têtes de cheminée, à profils et larmiers du xve siècle qui traversaient la toiture défunte, sont démolies et remplacées par des tuyaux de tôle ! Le chemin de ronde, qui existait derrière les créneaux et la partie basse de la toiture, était dallé pour rejeter les eaux par des gargouilles : il est remplacé aujourd'hui par une terrasse en plomb couvrant toute la surface de la tour et les eaux sont rejetées par des gouttières neuves et des tuyaux de descente en métal.

On a conservé quelques gargouilles comme ornement, dans les réparations modernes de ce palais ; mais on en a supprimé les fonctions partout en plaçant des tuyaux de descente semblables qui se bouchent souvent et tracent de nouvelles lignes d'ombre désagréables, sur les façades. Bien mieux, on a eu la fâcheuse idée, pour faire croire à l'existence primitive de ces tuyaux parasites, d'insinuer au milieu des corniches de feuillages du xve, des têtes d'hommes ou d'animaux dont la gueule ouverte laisse passer ces cylindres.

Faisons observer ici que le donjon, les tourelles d'escalier, les pavillons avaient tous des chemins de ronde limités, d'un côté par les parties verticales de la toiture, et de l'autre par les balustrades.

Dans les réparations ultérieures, probablement celles des

Laubespine, ces chemins de ronde furent supprimés. On mit des coyaux raccordant la toiture en ardoise et s'appuyant sur la main courante des balustrades, modification qui a enlevé de la légèreté aux couronnements et supprimé l'usage du chemin de ronde pour les réparations de toiture, mais a pu protéger, il est vrai, les balustrades contre les intempéries.

L'ancien état des galeries peut se vérifier encore sur le pavillon de la vis des cuisines, mais, sur la bande verticale de sa toiture, les ardoises sont remplacées par des bardeaux en chêne posés en chanlattes.

Horloge

La miniature du livre d'heures n'indique pas l'emplacement du cadran de l'horloge, probablement parce qu'il se trouvait du côté de la cour intérieure, étant ainsi très en vue pour le service de la maison ; mais elle est bien conforme à ce que nous avons sous les yeux dans l'ancien campanile en pierre abritant le timbre de cette horloge.

Ce campanile était un lanternon en pierre, à jour sur toutes faces ; il terminait la flèche octogonale, également en pierre, qui coiffait la tour de l'escalier et donnait accès à la chapelle comme aux grandes galeries du 1er étage. La vis se poursuivait au-dessus pour atteindre les balustrades qui bordaient les toitures et aussi la chambre de l'horloge.

Le timbre du xve siècle est conservé au musée de Bourges ; c'est une petite cloche en bronze de 0 m. 32 d'ouverture sur 0 m. 27, classée monument historique. A son cerveau on lit l'inscription suivante :

(coq) M (cr) CCCC (coq) L (cr) ME (coq) FIST (cr) FAIRE (coq) IAQUES (cr) OR (coq) MOIS (cr) DE — JUILLET — (cr) — [1]

Sur ce même cerveau on avait ménagé une masselotte en bronze venue de fonte avec lui, de 0 m. 35 de hauteur, et présentant un profil en double queue d'aronde pour permettre de sceller le timbre d'une façon immuable dans le lanternon en pierre, et sa pose s'était faite en même temps que celle des assises monolithes de cette partie du campanile.

Les ouvertures longues et étroites du lanternon tout ajouré,

---

[1]. Les signes (c r) et (c o q) indiquent des cœurs et coquilles intercalés.

étaient destinées au passage du marteau à long manche que le mécanisme de l'horloge, placé dans le comble du grand pavillon, faisait frapper sur le timbre fixe.

Sous l'action des intempéries ces pierres évidées s'effritèrent comme celles des balustrades et l'on se contenta de les consolider par des montants et des colliers en fer, réparations qui bouchèrent de manière à les rendre inutilisables, les lumières du campanile nécessaires au passage du marteau [1].

Le timbre, qui a servi plus tard de sonnerie à l'horloge en même temps que de cloche à la chapelle, date de 1652 et a été placé sur le faitage du grand pavillon : c'était à l'époque où les Laubespine, qui possédaient alors la grande maison, firent toutes les réparations de toitures dont nous avons parlé ci-dessus. Cette cloche a été placée il y a peu d'années à la porte d'entrée du musée du Berry, où on peut en lire l'inscription du XVIIe siècle.

Dans la miniature, le cortège de la Passion cache l'angle nord-est de la façade, et ne permet donc pas de voir une autre entrée du rez-de-chaussée, proche de la maison Pelourde. Cette entrée indépendante consistait en une baie cintrée en arc de cercle à profil très simple sans moulure saillante, qui donnait accès aux cuisines et à leur courette en suivant un large couloir délimité par deux gros murs.

L'éclairage de ce couloir se faisait par la courette et par une petite fenêtre percée dans le mur de la rue Jacques-Cœur, ouverte au-dessus de la porte d'entrée.

Porte, fenêtre et mur du couloir ont été supprimés en 1858, mais on perça alors plus à gauche une grande ouverture pour donner accès de la rue, aux larges galeries LL' du rez-de-chaussée du palais, qui furent poursuivies dans l'annexe nouvelle bâtie sur l'emplacement de la maison Pelourde, comme on l'a dit.

Pour obtenir ce résultat on a supprimé la courette avec son puits, et remplacé le mur mitoyen C, entre les deux maisons,

1. Ce campanile de pierre a été refait en 1913, non pour y remettre le timbre, enlevé depuis deux siècles, simplement pour rétablir un couronnement que l'on a fait plus massif, mais plus résistant que l'élégant primitif du XVe siècle.

par des arcades en anse de panier, en cherchant à imiter celles construites au xve siècle. Cette nouvelle entrée sur la rue se compose d'un arc à moulures saillantes dont les retombées reposent sur des marmousets en imitation de ceux du xve, mais dont la facture moderne est aisément reconnaissable.

Un solivage formant plafond a supprimé le rôle de la courette qui ventilait et éclairait cette partie de l'hôtel ; l'étroit couloir passant en encorbellement sur le mur nord de celle-ci n'a plus eu d'objet puisqu'il faisait communiquer les pièces situées au-dessus de la cuisine avec les galeries venant de la chapelle.

La miniature ne s'étend pas au sud jusqu'aux bâtiments construits sur le terrain acquis de Jean Lemaire ; elle s'arrête même un peu avant la ramperolle à beaux crochets développés du xve siècle, qui limite, sur la rue, la façade telle que nous la voyons aujourd'hui.

Nous ne reconnaissons donc pas les parties de la grande maison qui occupaient cet emplacement au xve siècle ; mais nous avons vu le bâtiment que Sébastien de Laubespine, évêque de Limoges, y avait fait édifier à la fin du xvie.

Un dessin de Hazé et une aquarelle faite par un amateur en 1848, indiquent ce qui fut démoli en 1858.

Le corps de logis dominant la rue, se terminait là par cette haute pointe de pignon dont la ramperolle est encore presque intacte, mais ses deux ensouchements n'existaient plus en 1858. L'un d'eux, situé sur la rue, était le petit pilastre qui limite la balustrade de la base de la toiture de ce grand bâtiment ; l'autre est un cul-de-lampe de très médiocre facture. Il en est résulté la conviction accréditée que toute cette belle rampe, dont il décore l'extrémité, est un refait moderne du même sculpteur. A gauche de la poterne donnant sur la rue Jacques-Cœur, se trouvait le logement des gardiens de la maison : les fenêtres en étaient petites et défendues par des grilles en fer, avec des appuis fort élevés au-dessus du sol.

Au contraire, les fenêtres que nous voyons aujourd'hui, refaites en 1858, sont grandes et leurs appuis ont été sensiblement baissés.

Dans la miniature du livre d'heures, on voit aussi au niveau du sol une grande ouverture de cave, dont il ne reste

FAÇADE OUEST (Place Berry)

Robert Gauchery, architecte.

plus de traces aujourd'hui ; elle était située à gauche du logement des gardiens. Quant aux grandes caves du palais, elles étaient disposées sur deux étages de sous-sol dans le grand bâtiment situé entre la cour et la place Berry, et adossées au mur gallo-romain, éclairées et ventilées de deux côtés. Situées sous la grande salle et sous les cuisines, elles étaient facilement desservies par les vis O et Q qui se prolongeaient dans les étages du sous-sol. On y accédait aussi par de grands emmarchements droits qui sont en partie remblayés aujourd'hui.

Enfin la miniature nous montre que les tours, les pavillons, les croupes, les lucarnes étaient surmontées de girouettes dont les flammes portaient les armes de Jacques Cœur.

Les tympans des trois lucarnes de la façade montraient aussi chacun un écu *en losange* : parti Jacques Cœur, parti Macé de Léodpart.

Sur l'allège de la lucarne de gauche figurait l'écu de Jobert, l'un des facteurs de Jacques Cœur, qui fut chargé d'effectuer les paiement des constructions. Il semblerait en résulter que la grande maison ne fut pas absolument terminée en 1451, quoique Jacques Cœur y eut donné déjà des fêtes, dont la plus célèbre fut celle motivée par l'entrée à Bourges de son fils Jean Cœur, comme archevêque en septembre 1450.

Jacques Cœur jouit donc de sa maison jusqu'au 30 juillet 1451, jour de son arrestation à Taillebourg, mais les travaux se continuèrent après jusqu'en février 1453, date de la mort de Macé de Léodpart sa femme : c'est ce qui a motivé peut être la forme losangique de l'écu sculpté pendant cette période ?

Le facteur Jobert fit représenter ses armes à côté de celles de ses maîtres, non seulement sous la lucarne de gauche mais aussi sur les retombées des voûtes de la chapelles : mais là, son écu est associé à ceux des autres facteurs, directeurs et payeurs des travaux.

Façade sur la place Berry

Du côté ouest les corps de logis les plus considérables sont assis, nous l'avons dit, sur les tours et courtines gallo-romaines et l'ensemble a assez l'aspect d'un château fort.

Nous pouvons avoir une idée plus précise de ce qu'était

cette façade au xvᵉ siècle par l'examen de détails que nous fournit la miniature des « très riches heures du duc de Berry »

L'architecte de Jacques Cœur a cherché tout d'abord à consolider ces murs antiques, si fortement établis vers le ivᵉ siècle, époque des grandes invasions barbares.

On en retrouve des restes encore debout en de très nombreux points du périmètre, aisé à suivre, de l'antique cité [1].

Mais ils ont été déconsolidés graduellement en bien des endroits de leurs bases depuis des temps fort reculés jusqu'à nos jours, pour en extraire, comme de carrières, une quantité énorme des gros blocs posés à sec qui en forment les assises inférieures; ces blocs, servant de libage, proviennent pour la plupart de la démolition d'importants monuments édifiés vraisemblablement au iiᵉ siècle de notre ère.

Au-dessus de ces libages on avait établi une maçonnerie en moellons du pays, hourdés d'un mortier si excellent qu'il est devenu plus dur que la pierre elle-même. Le parement extérieur était composé de moellons smillés présentant à 1 mètre de distance environ les uns les autres, des cordons de 2 ou 3 rangées de grandes briques pour liaisonner dans toute son épaisseur cette maçonnerie de blocage.

Cette muraille, de 3 m. 50 d'épaisseur, était si parfaite qu'elle formait comme un monolithe tandis que les gros éléments de sa base étaient libres. L'enlèvement de ces blocs inférieurs, posés à sec, créa donc des sortes de galeries se poursuivant dans l'intérieur des courtines, avec des largeurs variant de 1 m. 50 à 2 mètres et dont la hauteur dépend en chaque endroit du nombre des blocs enlevés. Le lit inférieur du dur blocage forme le plafond de ces espèces de carrières. Malgré la solidité de ce plafond, les prélèvements effectués sans aucune méthode, sur des longueurs et largeurs quelconques, n'ont pas manqué de provoquer des dislocations, puis des éboulements.

On conçoit que des architectes prudents comme étaient ceux de Jacques Cœur aient cherché à consolider, par une reprise

---

1. Voir le savant Mémoire de M. le marquis des Méloizes : *Bourges à travers les âges*, où cette construction gallo-romaine est si bien décrite. *Bulletin de la Société Photographique du Centre*, année 1906-1907.

Coupe Ouest-Est pratiquée au sud du Donjon *(v. plan p. 20-21)*

en sous-œuvre ou par un doublement de murs, les endroits qu'ils devaient charger.

C'est ainsi que nous voyons la base de la tour du donjon élargie par un empattement en talus avec d'excellente pierre de taille. Entre le donjon B et le pavillon C la courtine justement était en ruine par suite de l'exploitation des blocs de sa base sur sa face extérieure et il fallut remonter un mur neuf en avant de l'ancien parement : c'est ce mur que nous retrouvons couronné par deux assises de pierres taillées en glacis, correspondant au niveau du sol de la grande salle. Aussi les restaurateurs de 1888 ont commis une erreur en établissant un parement d'*appareil romain en moellons smillés et briques, qui n'a jamais existé à cet alignement.*

Le pavillon C lui-même, complètement en avant de la courtine, est fondé extérieurement en dehors des affouillements, et son mur est terminé par un pignon.

Les solivages des divers étages y sont remplacés par des voûtes en maçonnerie. Cette construction, qui comprend une série de petites pièces éclairées et chauffées, forme un contrefort parfait. Plus au sud on a éprouvé le besoin de construire un bâtiment K contenant des pièces plus larges que ne l'auraient permis les alignements des murs antiques, mais là encore il fallait inventer des appuis solides : on trouva un moyen d'y arriver sans descendre jusqu'au bon sol, en bandant une double voûte entre le pavillon C et la vis de la tour A, on obtint ainsi trois étages d'appartements en avancement sur la vieille courtine.

La base de la tour A a été restaurée aussi en 1884 ; mais si on a bien fait de restaurer le parement de briques et moellons smillés dont il restait quelques parties, on a eu le tort de le descendre sur un socle nouveau de 0 m. 40 au-dessus du niveau de la place Berry.

En réalité il pouvait ne pas descendre si bas, car les gros blocs de libages qui existent toujours et ont créé des galeries, montaient bien plus haut au-dessus du niveau de cette place, comme nous les voyons encore dans la courtine qui est au nord du donjon.

Au sud de la tour A la courtine, qui portait la galerie en

encorbellement[1] unissant les deux tours, a été ruinée par l'enlèvement des blocs de la base, opération qui s'est poursuivie jusqu'à nos jours.

Il en est résulté, au milieu su XVIIIe siècle, un écroulement de la partie de courtine contigüe à la tour A et c'est par cette brèche que l'on a fait passer en 1880 le grand emmarchement qui descend aujourd'hui à la place Berry.

Des latrines étaient aménagées dans les murs du pavillon C, près du donjon B et de la tour A. Les chutes aboutissaient au fossé contre les libages de la muraille gallo-romaine.

Presque toutes les maisons de Bourges situées sur l'antique muraille évacuent ainsi leurs eaux vannes.

Nous avons vu que les vastes caves situées sous le grand corps de l'hôtel étaient à deux étages et buttées d'un côté contre la muraille romaine. de l'autre côté contre un gros mur bâti par Jacques Cœur pour asseoir la façade sur la cour avec les vis qui y étaient accolées.

Tout le terrain au-dessous de ces fondations avait été affouillé pendant les siècles précédents pour les constructions antérieures. Ce sous-sol fut consolidé en creusant au travers de ces affouillements un réseau de petites galeries reposant sur l'étage jurassique vierge. Ces galeries étroites sont toutes revêtues de moellons appareillés avec arcs doubleaux à chanfrein abattu, comme nous en trouvons sous presque toute la ville de Bourges : ces galeries, qui rencontrent les deux puits de l'hôtel, font le drainage de toutes les caves.

Cour intérieure

Après avoir traversé la porte et la poterne de la rue Jacques Cœur, on ressort sur la cour par deux ouvertures semblables,

---

1. Cette grande galerie réunissait deux tours de l'enceinte et datait de l'époque de la construction de l'hôtel. C'était une partie pittoresque dominant la courtine et qu'a reproduite le miniaturiste J. Colombe dans la vue Ouest qui donne sur la place Berry, comme nous l'avons dit plus haut ; elle existait encore au temps où les Laubespine possédaient la grande maison et l'architecte de Colbert la décrit comme entièrement construite en pierre de taille et portée sur des consoles de 5 pieds de saillie. Cette galerie n'a été ruinée qu'au XVIIIe siècle par l'écroulement de la courtine dont le pied était affouillé. On peut vérifier comment se raccordait cette construction avec la tour A par les dimensions et le profil de son larmier en pierre de taille, que l'on retrouve encore en place contre la paroi de cette tour.

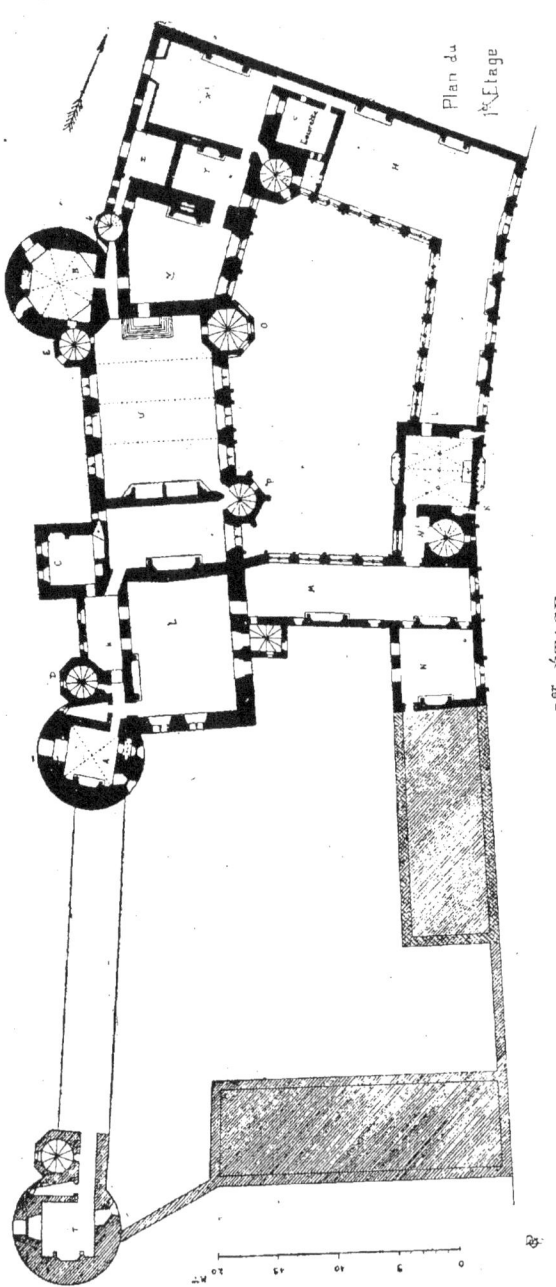

Ier ÉTAGE

Plan du 1er Étage

V chambre des Galées. — V, entresol de V. — Z comptoir de V. —
Z, comptoir de V,. — Y chambre voisine de V. — Y, entresol de Y.
— B cabinet de travail de l'argentier. — B' trésor de l'argentier. —
X' chambre au-dessus de la cuisine X. — X, entresol de X. —
c courette. — M loge aux marchands. — H loge aux marchands ou
chambre des mois de l'an. — U' grande salle haute. — U'' galletas
au-dessus de U. — I chapelle. — N vis de la chapelle. — T, A, C.
— E, L, K, D, S, logement de Sébastien Laubespine, xvie siècle.

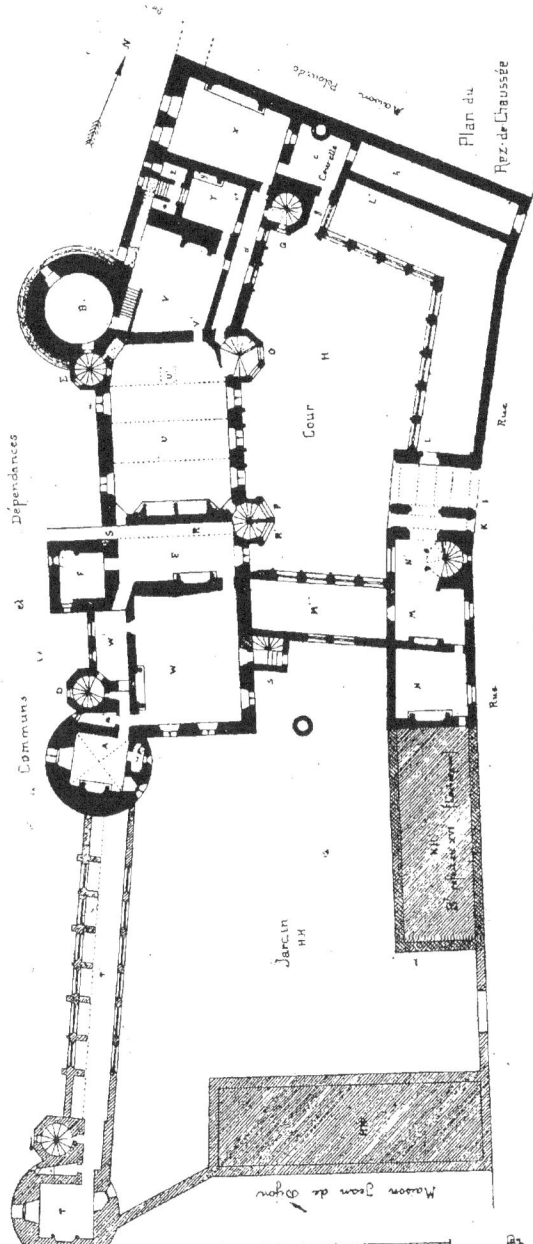

REZ-DE-CHAUSSÉE

I grande porte d'entrée. — K poterne. — H cour intérieure. — N' dégagement et vis. — M loge du concierge. — N chambre id. — M, s.-sol : dépense. — LL' loge aux marchands. — M' id. — h entrée des cuisines. — c courette. — g communication entre cours. — X grande cuisine. — Y petite id. — y' four. — y" fourneau. — Z évier. — a fosse. — d dégagement des cuisines. — V office des cuisines. — V' passe-plats. — B, s.-sol dépendance office. — b vis et escalier dérobé. — Q vis du nord — E' vis du Donjon. — O entrée principale grande vis. — U grande salle basse. — U' trappe du s.-sol. — P vis centrale. — R passage incliné pour chevaux. — R' entrée du passage. — F chambre des évêques. — F' comptoir de F. — W chambre neuve. — W' comptoir de W. A chambre des angelots. — aa comptoirs de a . D vis desservant A. — T autre chambre. — T' galerie entre A et T. — HH' jardins et communs.

mais non identiques, car le tympan de la poterne de sortie diffère de celui de l'entrée. Au lieu de présenter dans son axe, un ange debout sur un écu droit et un arbre de chaque côté, le motif d'axe est un arbre feuillu ; l'écu n'est plus d'aplomb mais incliné et appuyé contre le tronc de l'arbre par un de ses angles supérieurs ; enfin la banderolle est portée non plus par un ange, mais par deux personnages placés de chaque côté de l'arbre : on ignore ce qui était représenté sur l'écu et la banderolle.

Le dais ajouré au-dessus de la grande porte intérieure, semblable de forme et dimensions à celui de Charles VII, abritait-il la statue équestre de Jacques Cœur ? la tradition le dit, sans preuves puisqu'elle a également été détruite à la révolution, et que, pour elle, nous ne possédons ni dessins ni descriptions pouvant nous fixer.

Dans la cour et sur l'axe prolongé des poternes on voit dans le grand corps de logis, après la grande salle, une ouverture de même dimension que la poterne, origine d'une galerie en pente R faisant communiquer la cour intérieure avec les communs qui se trouvaient sur l'emplacement de la place Berry.

Ce couloir, large de 1 m. 35, commence au niveau du sol de la cour, passe sous la première volée de la vis P, puis derrière la cheminée de la grande salle, pour descendre ensuite par une suite de longs paliers en pente, séparés par des seuils peu élevés, sans doute destinés à permettre d'y passer à cheval ou en litière.

Cet exemple a été suivi un demi siècle après par un autre grand marchand de Bourges, Guillaume Lallemant, dont la maison est construite aussi sur les murs de la cité.

A l'hôtel Jacques Cœur, le deuxième palier est déjà sous le sol des salles. La différence de niveau entre le sol de la cour intérieure et celui de la place Berry est de 5.m, 70.

L'escalier extérieur à palier et retour d'angle, qui fait suite au couloir aujourd'hui, date du xviiie siècle ainsi que l'expliquait une plaque de marbre noir posée au-dessus de l'emmarchement.

Avant cette époque ce couloir incliné se continuait par une

rampe rectiligne en dehors du bâtiment,le long du pavillon C.

Cette descente existait du temps de Colbert, puisque Poitevin son architecte en parle et dit qu'elle a 4 pieds de large et n'est pas commode. C'était néanmoins une communication directe ingénieusement aménagée qui rendait bien des services ; mais certainement pour les grands cortèges et les lourdes charges, il était préférable de faire le tour par les rues de la ville.

Sur la cour et au même alignement que la vis P, deux autres vis O et Q servent à mettre en communication les divers étages de ce corps de logis principal, depuis les deux étages de caves jusqu'aux combles : la vis la plus importante, avant son départ, sert de dégagement à de multiples pièces de l'hôtel.

Elle a été démolie au XVIIIe siècle pour y établir un emmarchement nouveau avec rampe en ferronnerie.

L'architecte d'alors, nommé Fricalet, a signé et daté toute cette transformation de la vis et l'escalier que l'on crût devoir faire plus monumental, ne dessert plus qu'un entresol et la salle d'audience de la cour.

Voyons ce qu'était cette vis O avant sa mutilation.

On pénétrait dans le bâtiment par deux ouvertures faites sur deux faces de l'octogone pour se diriger soit vers la grande salle qui était aussi la salle à manger, soit vers la petite qui sépare la grande du service des cuisines.

Ces pièces dont le sol se trouvait à des niveaux un peu différents, étaient mises en communication par les premières marches de la vis. Celle-ci se poursuivant atteignait un entresol, le premier étage, le grand étage des combles et enfin la galerie ajourée entourant sa toiture. On y voit encore toutes les anciennes ouvertures d'accès à ces divers étages.

Le dernier solivage était au niveau de la galerie ajourée. et on retrouve dans un grenier perdu de cette vis le cordon de pierre de taille mouluré qui le supportait. En dessous de ce cordon on voit une charpente nouvelle qui tient suspendue, une sorte de coupole en plâtrerie fermant, avec des arcs rayonnants et des tiercerons, la surface octogonale nouvellement composée pour clore le sommet de la tourelle.

Il faut y regarder de près pour voir dans ces arcs moulurés, en plâtre peint, une simple imitation de la pierre. C'est une œuvre relativement moderne où on a prodigué, à chaque intersection des nervures, de petits écussons contenant les uns un cœur peint en rouge les autres une coquille en noir.

Ce travail a dû être fait à la même époque et par les mêmes ouvriers, que celui fermant le plafond de l'escalier de l'ancien hôtel de ville (petit lycée actuel).

Le même niveau régnait à peu près pour tout le sol du rez-de-chaussée et aussi l'étage des combles sur tout le développement du corps de logis principal qui a une façade sur la place Berry. La partie sud était divisée par deux étages de salles d'apparat ou de réception de 5 m. 50 à 6 mètres de hauteur. La partie nord en comportait trois, parce qu'il s'y trouvait un entresol élevé qui pouvait peut-être contenir les appartements réservés à l'habitation. Des emmarchements rachetaient la différence des niveaux dans les pièces contigües et les vis permettaient l'accès indépendant de ces divers étages.

Deux grandes salles superposées occupaient le milieu de ce vaste corps de logis : la salle à manger au rez-de-chaussée et au premier étage la salle de réunion, mesurant chacune 14 m. 60 sur 9 m. 90 de large. Les poutres et solives des plafonds étaient revêtues de menuiseries moulurées, dont on retrouve quelques parties.

Comme ces pièces de charpente avaient une grande portée (dix mètres pour les poutres) et étaient appelées à supporter de fortes charges, on eut recours à un procédé fort ingénieux pour résister au fléchissement : il nous est connu par la description qu'en fit en 1679 Poitevin, qui le signale comme une chose remarquable :

« La grande salle a 7 toises de longueur sur 5 toises de lar-
« geur bien percée et ancrée de grands arceaux en pierre de
« taille, qui est une espèce de liais qu'on ne trouve pas dans
« ce pays[1] ».

La portée des poutres était donc soulagée par ces arceaux qui les suivaient dans toute leur longueur.

Pour neutraliser leur poussée on avait fixé aux deux extré-

1. DESHOULIÈRES. *Mém. Antiquair s du Centr.*. t. XXIV, t. XXIV, (1900) p. 80.

mités de la poutre formant tirant, des ancres en fer traversant les murs opposés épais d'un mètre.

On voit encore sur la surface extérieure de ces murs la place des ancrages de deux de ces arcs qu'un carreaudage étroit en pierre de taille revêtissait au dehors. Le troisième arc n'était pas ancré, car il buttait du coté de l'ouest contre la masse de la vis du donjon et du coté de l'est contre la tour contenant l'escalier principal.

Le niveau de ces ancrages, qui correspond au dessous des poutres, est aussi celui du dessous des linteaux des fenêtres.

Les ancres correspondant aux arceaux de la grande salle du rez-de-chaussée sont horizontaux, ceux de la grande salle du premier sont verticaux.

*
* *

Cette construction si logique du xve siècle ne pouvait convenir à l'époque des énormes bâtisses de Louis XIV ; aussi quand, après Colbert, la ville de Bourges entra en possession de la grande maison, elle fit des travaux importants pour y installer les services municipaux fort à l'étroit dans l'ancien hôtel de ville de la rue de Paradis. En même temps on y logeait les tribunaux que l'incendie des salles du palais du duc Jean en avait chassés.

Les architectes du xviiie siècle, répudiant les solivages apparents moulurés, voulurent les remplacer par des plafonds et des corniches en plâtre. Ils commencèrent donc à démolir les curieux arceaux en pierre de taille ; mais ils s'aperçurent bientôt qu'il fallait enrayer le fléchissement des poutres si chargées : on y arriva par deux moyens.

1º Dans la grande salle du rez-de-chaussée, des poteaux en bois furent dressés le long des murs et des sortes de poutres courbes, composées de madriers et de planches, moisèrent les poteaux avec les poutres anciennes ; le tout fut revêtu d'enduits et de moulures en plâtre ce qui redonna un peu l'aspect des anciens arceaux démolis, mais si massifs et si encombrants qu'ils détruisirent la perspective de la grande salle et auraient supprimé la vue de la partie supérieure de la grande cheminée. Puis on établit entre chaque travée un lattis de bois et de plâtre sous les anciennes solives moulurées. Le travail des bois produisit, sur ces surfaces plâtrées courbes et planes, les fentes que nous voyons actuellement.

2° Dans la grande salle du 1ᵉʳ étage, après avoir enlevé les arceaux en pierre et les poutrages en bois moulurés, on soutint, *par en-dessus*, les poutres en posant, à l'aplomb de chacune, des fermes grossières avec moises pendantes qui la soutenaient suspendue en cinq endroits.

On ne se contenta pas de supprimer au 1ᵉʳ étage les anciens arceaux sous les poutres ; on démolit complètement le mur de refend contenant les conduits de cheminée de la grande salle du rez-de-chaussée, et les cheminées elles-mêmes tant de la grande salle du 1ᵉʳ que des combles. Ces démolitions eurent pour but de réunir cette grande salle à sa voisine de façon à obtenir une énorme pièce, de 20 m. 40 de long, destinée à servir de salle d'audience à la cour d'appel.

Les travaux que nous venons de décrire détruisirent donc complètement ce bel étage des combles composé de deux grandes pièces couvertes par une charpente apparente en tiers point : pièces éclairées par des lucarnes monumentales et chauffées par de grandes cheminées en pierre richement moulurées.

On voit encore, à défaut du mur de refend des cheminées des grandes salles, la trace laissée par la maçonnerie sur les faitages et sous-faitage de la charpente.

Le plafond en plâtre de la vaste salle de la cour a été relevé, ainsi que nous l'avons dit, au-dessus de l'ancien solivage et raccordé avec les murs par une grande gorge formant une corniche, aussi en plâtre. Les belles fenêtres de la petite pièce annexée à la précédente n'ont pas été utilisées, mais bouchées par des cloisons.

Seule la magnifique cheminée de la grande salle trouva grâce devant les démolisseurs du XVIIIᵉ siècle.

Ce n'est pas qu'elle fut utile comme chauffage puisque toutes les cheminées et conduits de fumée avaient été supprimées par la démolition du mur de refend, et ce mode de chauffage cessa alors de fonctionner dans l'hôtel.

De 1820 à 1830, le travail de vandalisme se poursuivit : les belles lucarnes donnant sur la place Berry furent supprimées, et seule celle en pierre donnant sur la cour resta comme un témoin de ces constructions grandioses, mutilées par tant d'assauts répétés.

Tout l'étage des combles était devenu inutilisable, en raison de l'encombrement causé par les charpentes grossières soutenant les poutres du premier étage. C'est à la même époque que l'on démolit la très belle cheminée à double foyer du rez-de-chaussée.

Cheminée de la grande salle

Ce merveilleux ouvrage que le récit des ambassadeurs florentins, venus à Bourges en 1464, nous signale pour la première fois, fut détruit sans nécessité et remplacé par un enduit en plâtre peint.

Hazé, venu à Bourges peu après sa démolition, a tenté sa restitution[1] en se servant de descriptions gravées encore dans la mémoire de quelques personnes qui l'avaient vue debout et aussi avec l'aide de quelques débris de sculptures épars.

Les cheminées de la maison de Jacques Cœur, faites 30 ans après celles du palais du duc Jean et peut être par des artistes de la même école, présentaient de grandes ressemblances avec celles du palais ducal.

Ces monuments étaient alors presque toujours faits à l'image d'un édifice fortifié avec créneaux, machicoulis, échauguettes, et termineés par une toiture ornée de lucarnes. Le dessin de Hazé donne bien une idée de l'ensemble du monument. Ce qui a incité cet artiste à en entreprendre la restitution, ce sont trois belles sculptures représentant, l'une Adam, l'autre Eve, qui avaient été sauvées, ainsi qu'un ange porté sur un nuage, lors de la démolition en 1825.

Ces groupes en ronde-bosse étaient placés au-dessus des fortifications du manteau de la cheminée et en avant de la toiture en pente. Après la démolition on les avait utilisés comme groupes isolés dans un autre endroit, où ils furent dessinés par Hazé ; mais Blandon qui les avait vus alors qu'ils faisaient

---

1. HAZÉ. *Notices pittoresques sur les monuments du Berry*, pl. 21. J. Bernard, 1834.

CHEMINÉE DE LA GRANDE SALLE

partie de la cheminée, les décrit avec plus de détails que lui [1].

Hazé avoue bien dans le texte qu'il n'a pas vu l'ensemble du monument et qu'il le dessina simplement pour fixer les idées des personnes qui lui en ont fait la description.

Aussi nous devons montrer de l'indulgence pour l'auteur d'un dessin fait dans de telles conditions, qui représente simplement la longue plate-bande de pierre soutenue à ses deux extrémités : il eut certes fait œuvre plus complète et sérieuse s'il avait connu en entier le manteau de cette cheminée, attestant qu'elle était double.

Or nous avons été assez heureux pour reconnaître les restes des parties essentielles de ce manteau dans cinq énormes pierres sculptées qui sont aujourd'hui au musée lapidaire cataloguées comme provenant de la grande cheminée de Jacques Cœur.

Nous savions aussi qu'elles avaient été apportées de Jacques Cœur à l'église des Carmes en 1825 et noyées dans la maçonnerie des fenêtres de celle-ci.

Leur souvenir en fut perdu pendant 50 ans, car on ne les retrouva qu'à la démolition de cette église,

Nous avons pu identifier ces restes par des rapprochements avec la silhouette encore visible de cette cheminée sur le mur de la grande salle, ou apparaissent nettement les profils du manteau et des jambages. Ces pierres du musée nous fournissent la façade jusqu'à la toiture : nous avons été frappé notamment, en étudiant ces restes, par des détails indiquant nettement que ce mouument était à double foyer [2]. On reconnaît aussi que les échauguettes, au lieu d'être en encorbellements, comme dans les cheminées du duc Jean, sont plus logiquement placées dans l'axe des montants, composés par des colonnes cylindriques qui portent directement ces échauguettes.

La première assise du manteau était limitée par une gorge

---

1. BLANDON. *Antiquités du Berry* (1820), manuscrit appartenant à M. Mater.

2. On conçoit comment dans ces énormes cheminées les foyers étaient doubles, comme ils sont ici et à Coucy, ou triples comme aux grandes salles des palais de Bourges ou de Poitiers : c'était pour consolider les larges gaines dans toute la hauteur de l'édifice et régulariser le tirage, ce qu'un [seul tuyau plat n'aurait pu faire avec les remous de vent et de fumée.

qui suivait, en les contournant, les profils des chapiteaux et que remplissaient des feuillages courants où circulent des serpents et d'autres animaux.

L'assise au-dessus contenait les échauguettes cylindriques percées de fenêtres à meneaux, qui tronçonnaient la ligne de créneaux et de meurtrières.

L'assise supérieure formait une couverture en appentis de tuiles en écailles, avec une crête terminale, abritant les créneaux.

Les échauguettes qui sortaient au-dessus de cette toiture étaient couronnées par des créneaux découverts, où se montraient des guerriers dans diverses positions.

Hazé, qui n'avait connu ces détails, répétons-le, que par des descriptions, avait inexactement placé ces échauguettes et n'en avait pas fait ressauter le couronnement au-dessus du toit des créneaux.

Au-dessus de cette représentation de château fort, il y avait une toiture montant au plafond de la salle ; mais elle était en figuration de tuiles creuses, non plus de petites tuiles-écailles comme sur les créneaux inférieurs.

Au-dessus du crénelage et en avant de la grande toiture, un couronnement représentait le paradis terrestre dont les motifs principaux étaient sculptés en ronde-bosse et ornés de peintures. On y voyait Adam et Eve nus assis chacun sur un tronc d'arbre coupé à la hauteur d'un siège, et appuyés l'un et l'autre contre un autre arbre dressé, chargé de feuillages et de fruits. Dans l'arbre de gauche se montrait une tête humaine parlant à Adam, dans celui de droite, un serpent déroulé s'adressait à Eve.

Ces arbres représentaient-ils tous deux l'arbre de la science du bien et du mal ? ou n'y avait-il pour cette représentation que l'arbre du serpent où était Eve et alors celui d'Adam aurait pu être l'arbre de vie qui se trouvait aussi dans le paradis terrestre.

Galeries

Les vastes galeries, qui occupent au rez-de-chaussée et au premier étage une surface de près du tiers de celle du grand hôtel, n'étaient pas des pièces d'habitation ; c'était ce que l'on

nommait la Loge du Change et des Marchands, sorte de bourse
de commerce que Jacques Cœur avait adjointe à sa demeure
de Bourges comme il en avait fait construire dans d'autres
villes de France : Montpellier, Marseille, Lyon, Tours, Paris,
etc... On y recevait ses marchandises et ses clients venus
des pays de France et d'Orient, où ses facteurs et ses galères
avaient créé des comptoirs.

Dans notre hôtel de Bourges on voit comment ces vastes
salles d'exposition et de vente étaient éclairées et chauffées,
d'une façon si complète, par les procédés dont on disposait
alors. Les galeries du rez-de-chaussée étaient largement ouvertes
sur la cour intérieure.

Celles du 1er étage, qui formaient deux vastes *halls* de chaque
côté de la chapelle, pouvaient être accessibles à un public
nombreux au moyen des vis et des issues qui y étaient établies.

Ces deux salles étaient chauffées par six grandes cheminées
qu'on y voyait encore il y a cinquante ans, dont les six grands
foyers étaient établis dans les murs sur tout le pourtour intérieur des salles, pour obtenir un chauffage méthodique.

Deux de ces foyers n'existent plus aujourd'hui, le mur qui
les contenait ayant été percé de fenêtres quand on construisit
l'annexe pour les tribunaux.

Ces galeries étaient couvertes par de hautes voûtes en bois
en forme de carène renversée.

Chapelle

La chapelle située au premier étage a été signalée par les
divers auteurs cités plus haut, comme renfermant de belles
œuvres d'art, peintes et sculptées.

Parmi ces œuvres nous signalerons la belle boiserie de l'autel
et de son rétable; un tableau que contenait ce dernier a disparu
depuis fort longtemps ; mais il avait été signalé en 1464 par
les ambassadeurs florentins qui ont visité Bourges : ils disent
dans leur mémoire (après avoir parlé de la cheminée) que « ce
tableau de l'autel est d'un très grand maître. » Ne serait-ce pas le
même tableau attribué à Philippo Lippi, qu'on voit dans la Pinacothèque de Munich, portant encore les armes de Jacques Cœur?

C'est cette même Pinacothèque qui possède le livre d'heures

que Jacques Cœur II a fait exécuté après la mort de son grand-père et dont nous avons longuement parlé au début de cette étude. Il serait fort intéressant de vérifier si les dimensions de cette vieille peinture de Munich concordent avec celles du cadre conservé de notre rétable.

APPENDICE

BIBLIOGRAPHIE

Note A.

Blandon : *Antiquités du Berry*, manuscrit Mater, année 1820.— **Buhot de Kersers**: *Histoire et statistique monumentale du Cher* (1883), t. II, p. 298.— **Chenu** : *Antiquités de Bourges*.— **Congrès archéologique de France** : 1898, p. 73 (plans). — **Dauvet** : *Journal ms.* Archives Nationales. — **Delisle** : Bibl. de l'école des Chartes « *Les Heures de Jacques Cœur* », t. LXV, 1904.— **Deshoulières** : *Ant. du Centre*, XXIVe vol., p. 80, *L'hôtel Jacques-Cœur de Bourges*. — **Des Méloizes** : *Bull. de la Soc. Photogr. du Centre*, année 1906, 3e trim., 1907, 2e trim. — **Dubois de la Sablonière** : *Le procès de Jacques Cœur*, Bourges, Renaud, 1913. — **Emerik David** : *Histoire de la Sculpture française*. — **Enlart** *Manuel d'archéologie française*, t. II, Passim, p. 67, plan.— **Gailhabault** : *Monuments anciens et modernes*. — **Gandilhon** : *Vitraux de l'hôtel Jacques-Cœur au* XVIIe s., Arch. du Cher, série E, Inv. Som. p. 307. — **Gandilhon et Hardy** : *Bourges, Ville d'art*, H. Laurens, 1612, — **Gauchery P. et A. de Grossouvre** : *Notre vieux Bourges*.— **Gonse** : *L'art Gothique*, p. 276-300 (2 fig.). — **Hazé** : *Notices pittor. sur les Antiq. et monum. du Berry*, Paris-Bourges (1834). — **La Thaumassière** : *Histoire du Berry*, Bourges, 1689, in-f°.— **Livre d'heures du duc de Berry** : *Musée de Chantilly*, 2e partie, fin du XVe siècle.— **Pierre Clément** : *Jacques Cœur et Charles VII*, Paris (1886). — **Raynal** : *Histoire du Berry*. — **Thevet** : *Histoire des hommes illustres*.— **Vallet de Viriville** : *Jacques-Cœur et Charles VII*.— *Journal des Ambassadeurs florentins en Berry*. Bull. Soc. du Berry à Paris, 1865, p. 240. — **Viollet-le-Duc** : *Dictionnaire d'architecture*, t. VI, p. 276-281 (2 plans, vue cavalière). — **Vitry** : *Hôtels et maisons de la Renaissance française* des XVe et XVIe siècles.

Note B (p. 156)

Cet hôtel de Pelourde ou Pelorde, S^r d'Ourouer, après des transmissions successives, passa en 1749 aux mains de la famille Gassot de la Vienne et c'est sous le nom d'*hôtel de la Vienne*, qu'il est généralement connu : il était bon de le signaler pour éviter toute confusion.

Note C (p. 159, note 1)

Jusqu'ici on croyait que l'acte de vente de la grande maison, ou fief de la Chaussée, par Jacques Cœur II à Turpin, Sr de Nozay, avait été passé au Châtelet de Paris, comme le dit aussi la Thaumassière (Hist. du Berry, édit. 1865, I, p. 193); nous pouvons affirmer aujourd'hui que c'est une erreur et nous avons acquis la preuve, en consultant des minutes notariales d'Orléans, que cet acte a été passé en 1501, au Châtelet de cette dernière ville ; nous en avons du reste trouvé depuis le double à la bibliothèque de Bourges.

Note D (p. 161)

A propos de ce petit-fils du grand argentier, nous ferons remarquer que depuis le xve siècle les différents auteurs qui ont parlé de ce Jacques Cœur II, entre autres la Thaumassière (Hist. du Berry, I, 1865, p. 193), lui ont donné la qualification de *Baron d'Auxerre*, Sr de Montglas, etc. Cette appellation a fait grandement discuter et épiloguer les érudits de l'Yonne, et ils nous ont fait savoir qu'il n'y avait jamais eu de baron d'Auxerre, qu'en conséquence notre personnage n'avait pu porter ce titre. M. Toubeau de Maisonneuve s'est trouvé assez heureux pour découvrir qu'il y avait eu mauvaise lecture et qu'au nom d'Auxerre doit être substitué celui d'*Augère*, dont Jacques Cœur était en effet seigneur, et qu'il est notamment qualifié tel dans l'acte de vente de 1501, visé plus haut dans cet appendice note C. (Vente de l'Hôtel de la Chaussée par Jacques Cœur II au Sr Turpin du Nozay). Ce fief d'Augère est près de Montglas. Voilà donc encore un point éclairé dans notre histoire locale.

Note E (p. 163)

Les Laubespine qui ont possédé l'Hôtel Jacques Cœur et la chapelle des Cœur à la cathédrale, de 1552 à 1679, ont substitué leurs armes à celles des premiers possesseurs ; elles se présentent sous divers aspects.

I. Pavillon d'entrée, là où se trouvaient les encorbellements supprimés : angle N.-O., écartelées d'un heaume et de 3 quinte-feuilles, ou fleurs d'aubépine. (*Guillaume de Laubespine*) ; angle S.-O., écu en losange, portant une croix ancrée de vair (*Marie de la Châtre*, sa femme).

II. Chapelle des Cœur à la cathédrale, au haut de la verrière : parti 1º *Laubespine*, écartelé de 3 fleurs d'aubépine et d'un sautoir cantonné de billettes, 2º *La Châtre* : losange portant une croix ancrée de vair ; on retrouve les mêmes sur leur tombeau qui a été transporté au musée.

III. Vitrail au même musée, provenant de l'Hôtel Jacques Cœur. Parti 1º *Laubépine*, comme nº 1 et 2º *Bochetel* de..... à 3 glands d'or attachés à leurs coupettes.

La forme losangée des écussons de Marie de la Châtre est à remarquer ; davantage encore les cordelières qu'on y voit car elle n'a jamais été veuve.

***

Arrivé au terme de notre tâche, nous tenons à adresser nos vifs et cordiaux sentiments de gratitude à notre président, M. de Saint-Venant, qui a bien voulu revoir nos textes et nous prêter un utile concours pour coordonner les éléments de ces multiples travaux.

Les illustrations de nos trois mémoires qui paraissent dans ce volume risquaient de retarder davantage son apparition. Heureusement nous avons trouvé un auxiliaire averti en notre neveu, le capitaine Robert Gauchery, récemment rendu à ses foyers après de brillants exploits militaires. Il a mis spontanément à notre service ses qualités d'artiste, de dessinateur et d'archéologue, en restituant la façade occidentale de l'hôtel Jacques-Cœur, qui se dresse fièrement sur les remparts antiques : son œuvre figurera donc dans la nôtre pour le plus grand profit de celle-ci et notre personnelle satisfaction.

P. GAUCHERY.